KB037127

어떤 남자를 스치다

몽트시선
003

어떤 남자를 스치다

노무현을사랑하는 어느시인의비망록

이원재 지음

머리말

어느 날 돌연히 가슴 안에 덩어리가 만져졌습니다.

십 년이 넘게 그에 대한 감정의 먼지가 켜켜이 쌓여 만들어진 덩어리 같았습니다.

2019년 4월에 이 덩어리를 가슴에서 빼내야겠다고 결심했습니다. 경험이 많지 않아서 힘이 들었지만 큰 덩어리를 조각내어서 하나씩 빼내다 보니 약간은 익숙해지는 듯한 느낌도 들었습니다.

그에 대한 나의 감정이 무엇인지 한 마디로 표현할 수 없었습니다. 오랜 세월을 두고 천천히 말해도 다 말하지 못할 것 같습니다.

지금까지는 스친 느낌 정도를 말한 것 같습니다. 그러나 나와 동시대를 살았던, 내가 알고 있는 남자들 중 가장 멋진 남자.

이 남자에 대한 확신은 지금도 뚜렷합니다.
나는 별빛이 아니라 직접 별을 본 것입니다.

• 목차

2부-친구와 살다

3부-지금도 전염되다

4부-별을 만나다

1부

울지 마라

황소의 심장

황소의 심장을 가지고 태어난
가난한 집의 병약한 아이는
어릴 적부터 풀만 먹고 자랐다.
民이라는 풀만 먹고 자란 병약하던
아이는
지 몸속 황소의 심장을 태워 만든 재를
풀에게 주었고
풀은 바람 불어도 흔들리지 않는
풀 같지 않은 풀이 되었다.

당신에 대한 그리움

당신에 대한 그리움은
가슴에서 이상한 뜨거움이 되고
이것이 더 뜨거워져 가슴 바깥으로
터져 나올 것 같습니다.

그리움은 감정을 침잠시켜
노곤한 육신을 잠들게 하지만
당신에 대한 그리움은
잠든 육신을 새벽부터 깨워
밖으로 뛰쳐나가게 만듭니다.

밖으로 나가서도
이 이상한 증상을 진정시키지 못할 때
이 이상한 증상을 가진 또 다른 사람들을 만나게 됩니다.
작은 증상이 모여 큰 증상이 되고
이내 큰 강이 됩니다.

왜 이럴까요
우리는 왜 이럴까요.
당신에 대한 그리움의 깃털 속에는
영원히 터지지 못할 피멍 같은
우리들의 피눈물이
숨어 있기 때문입니다.

원진레이온[1]

우리 아빠 좀 살려 주세요.
차창에 매달려 절규한 딸의, 아버지는
굵은 눈물을 마비된 안면으로 흘려보냈다.
깊은 안타까움에 가슴이 달아오른다.
이 달아오른 가슴이
끝내 식지 않기를 바란다.
이 달구어진 나의 가슴이
끝내 식지 않기를 바라고 또 바란다.

1) 1966년에 설립한 비스코스 인견사 생산 공장. 일부의 노동자가 이황화탄소에 노출되어 직업병을 얻음.

밝은 눈 총명한 머리

고마운 사람에게
너무 고마운 사람에게는
너무, 고맙다는 말을 하지 못한다.
가슴과 목 사이 어느 곳에
고맙다는 말보다 더 뜨거운
샘물상자 하나가
걸려 있어 말이 지나가지 못한다.

흔해서, 값싼 악수 한번
안 한 사이에
그 무엇이 그리 고맙기에
그에게 나는 고맙다는 말조차도 못할까
밝은 눈, 총명한 머리로도
그 무엇을 말로 하기도
힘드네.

오직 온전한 자유 1

비난을 받고 굴종을 겪으며
어린 시절을 보내던 그는
거인이 되었지만
거산이 되었지만
또 다른, 새로운 비난과 굴종 속에서

오직.
온전한.
자유를 얻다.

오직 온전한 자유 2

농부와 광부와 배달부의
삶으로부터 뛰쳐나가야 했다. 그리고
한참을 이것들부터 벗어났다. 그러나 이내
농부와 광부와 배달부의 삶속으로
스스로가 뛰어들어

오직.
온전한.
자유를 얻다.

페이지

그냥 보면 모릅니다
첫 페이지에서 끝 페이지까지
읽어야 조금은 알 수 있습니다.

말로 표현할 수 없는
가슴에서만 맴도는 이 뜨거움의 샘물
바쁜 자들에게 보일 수 없어 미칠 것 같습니다.

다시 그의 첫 페이지에서 그의 끝 페이지까지
읽어야 합니다.
한 마디로 말할 수 없어서
장황하여 내 스스로가 참괴한데
바쁜 자들의 꼭뒤에 소리 소리를 지릅니다.

그의 페이지에 대한 나의 샘물은
분명, 분명하지만
이 분명이 바쁜 자들의 괴설 한 마디에
참혹히 무너져 버리기도 합니다.

당신의 첫 페이지를 다시, 그리고 다시
읽어야 합니다
끝까지 끝 페이지를 읽어야 합니다.

슬픈 아

40여 년 전 청문회를 보던 엄마가
거참 못-됐다고 말했다.
3일 전, 술 마시고 담배는 약간 피우는 비정규직의 중년이
정치에서 노력하다가 실패했고 그래서 죽었지 뭐! 라고 했다.

옛날이나 지금이나 나는
"아!"
라는 답밖에는 할 말이 없구나.

나는 예나 지금이나 여전할 뿐이다.

심장의 소리

십자가를 짊어졌던 사람 아니다
심장의 사막에서 솟아나는 소리
그 소리에 감히 귀 기울인 사람
팽창하는 심장을 용감하게 용납하고
그 심박을 응시한 사람
지순하고 박애하지만
십자가를 짊어졌던 사람은 아니다.

가슴의
그 소리를 따라 직진한 사람.
살갗의 소리와 코의 소리, 눈의 소리를 거부하고
오직 제 가슴의 소리를 따라서
걸어서 걸어서 간 사람

그의 삶은

사람이고자 했습니다.
사람, 그 이상도 그 이하도 아닌 사람
그 자체로서의 사람이고자 했습니다.
사람에 이르는 길,
그 길로 가고자 했습니다.
그의 삶은
그 길에 대한 열망이고
그 열망은 식지 않는 눈물 같은 핏물이었습니다.
그 뜨거움과
그 핏물
좀처럼 닳지 않는 사람에 이르는 여정이었습니다.
그가 우리와 함께 사람됨에 이르려는 갈증이었습니다.
목마름을 넘어서는 자기 안으로부터의 끌림이었습니다.

그의 혁명

무엇이 최선인가에 골몰했다
무엇이
무엇이 우리에게 최선인가를 그는 머릿속에서 짜내고
또 짜냈다.

생각의 생각을 생각한 끝은
말하고 소리치고 행한 끝은
결국, 당연한 말 한마디만이
동전처럼 땡그랑 소리를 내며 떨어진다.
최후는 시민이란 그의 말
너무 당연해서 나는 힘이 빠진다.

어떤 이는 고독을 보았고
어떤 이는 피냄새 같은 것을 맡았다고 한다.
그러나
이것은 단순타, 단순타, 참 단순타.
혁명은 시민이고 시민이 혁명이란 것

그러나 부메랑이 아니라
돌아오지 않는 화살이 되어야 하는,
이것은 당연한 우리의 혁명이자 그의 혁명

민들레

칼날 같은 언어의 잔치
가슴을 핏물로 적시게 하는 혀와 입술의 교합 속에서도
민들레는 하얗게 웃는다.

감히 웃어 라며
민들레의 들판을 폭력의 열차로 밀어버린다.

민들레는 홀씨를 날린다.
들판 가득 홀씨가 날아간다.
멀리 멀리
짓밟힌 민들레가 웃는다
하얗게 웃는다.

그의 언어

언어는 약속이다.
약속은 실천이다. 그래서
정치는 말이다. 들을 놈 별로 없는
연설문을 고치고
고치고 또 고치고

그동안
듣지만 들리지 않았다
들리지만 담기지 않았다
문득 우리 모두가 갈 바를 잃고
허둥거릴 때, 그의 언어가 살아났다
그리고 비로소 우리는 걷기 시작했다.

우물의 밑바닥 오래된 기억을
피눈물의 두레박으로 건져 올려서
살아난 그의 언어가
우리의 초롱불이
된다.

걸음과 걸음

길이 멀다고
끝을 생각할 때는
더욱 길이 멀다.
맞으며 걸었던 길이라
더욱 길이 멀다.
맞다가 지칠 때라
더욱 그의 길은 멀다.

한 번도 쉬지 않고 걸었던
당신의 걸음과 걸음이 나의 눈, 코, 입에 닿는다.
왜 그리 바쁘게 발을 놀렸던가
왜 그리 심장의 펌프질을 멈추지 않았던가.

신발 하나 벗을 겨를 없는 길임을
익히 안 당신, 두들겨 맞는 길임을 익히 안 당신
그리고 무의미한 한 발자국의
무한을 본
당신

작은 방

긴 담이 빙 둘러진 큰 집이 있습니다.
그 큰 집에는 작은 방도 있지만 소중한 정원이 있고
그 정원에는 꽃나무와 과일나무가 있습니다.
사람들은 정원만 보고 그 작은 방까지는 가지 않습니다.
혹 그 작은 방 앞에 서더라도 굳건한 방문을 열려는 마음은 어렵습니다.

그는 어려운 방문을 쉽게 열고 들어갔습니다.
어두운 방 가운데 작은 의자에는 그의 그가 앉아 있는데
그는 그와의 대면을 주저 없이 시작했습니다.
대면을 끝내고 화려한 정원을 스쳐 지나서 그는
사막 같은 바다로 떠나버렸습니다.

우리는 화려한 정원이 있는 큰 집을 떠나버린 그를 생각합니다.

그가 돌아오더라도 그는 내일도 어제처럼 떠날 것을
우리는 알고 있습니다.

땀

굴복되는 세상은 없다
세상을 굴복시키려는 무모함은 애초
그의 눈빛에는 없었다.
뙤약볕 운동장[2], 귀 막힌 자들을 향한 외침
그의 눈에서 흐르는 것은
눈물이 아닌 땀
세상을 설득하려는 지난한
시간의 땀
땀은 말했다.
“강물은 바다를 포기하지 않습니다.”

2) 2000년 부산 북강서을 합동 유세장

이성복의 서해

참 밋밋해
가르치면서 이런 생각을 했었지
소월의 시도 만해의 시도 아닌
그냥 시 같은 시

그러던 시가,
어느 날
내게 답을 주었다.

한 번쯤은 그곳에 갔어야 했다.
그 사람을 참 좋아하고 존경해 라고
말하면서도
나는 한 번도 가지 않았지
남방식 고인돌 형태의 너럭바위 앞에
한 번도 가지 않았지
그 마을 근처도 가지 않았지

어느 날
하꼬방 같은 곳에서 아이들을 가르치고 있었는데
시가 내게 해답을 주었다.

아직 서해엔 가보지 않았습니다
어쩌면 당신이 거기 계실지 모르겠기에

그곳 바다인들 어느 바다와 다를까요
작은 게들이 구멍 속을 들락거리고
언제나 바다는 멀리서 진펄에 몸을 뒤척이겠지요

당신이 계실 자리를 위해
가보지 않은 곳을 남겨두어야 할까봅니다
내 다 가보면 당신 계실 곳이 남지 않을 것이기에

내 가보지 않은 한쪽 바다는
늘 마음속에서나 파도치고 있습니다

2부

친구와 살다

유시민

강하다
누굴 닮았다.
누굴 닮지 않았다 하여
욕을 퍼부은 적이 있다
내가 너무 부끄럽다.

너무 즐겁게 산다 하여
욕을 퍼부은 적이 있다
내가 너무 졸렬하다
즐거움을 접을 줄 아는 즐거움을
갖고 있다. 역시 그와 닮았다.

죄송하다
웃음 속에 피눈물을 감추고 있었고
어둠 속에서도 그의 빛을 품고 있었다
계승하여 더 강하고, 강할 때를 아는 지자다
값싼 슬픔에 도취된
내가 너무 죄송하다.

모두의 딸

나의 딸을 어떻게 정의할 수 있을까
뱃속에서 발을 굴러 내게 응답하던 생명의 싹
빛나던 눈동자로 내 얼굴을 만져
내 가슴을 자신의 호수에 빠뜨리는 나의 딸

딸아이를 해코지하는 독종은
밧줄로 매달아 불에 태울 것을 맹세한다.

그의 딸아이가 간교하게 해코지당하고 있다.
묵묵한 슬픈 빛이 그의 얼굴에서 흐른다.
모두의 딸과 모두의 아들을 걱정하는 그의 마음
그렇다고 자신의 딸을 덜 걱정하는 것은 아닌데

일찍 깨닫고 실천하여 먼저 슬픔에 빠진 그
모두가 가해(加害)받지 않는 세상을 꿈꾸어서
먼저 가해받는 참담의 역설을
그는 지금도 견디고 있다.

조국의 교훈

교훈을 주웠습니다. 길바닥에 버려진 교훈을 주웠습니다.
의문을 품은 채 사는 것이 더 행복하다는 교훈
풀고 풀어서 의문의 매듭을 새로 짓는 일은 예쁜 아내와 딸을
들판에 버려놓는 일과 같다는 더러워진 교훈을 주웠습니다.

의문을 가진 채 산다는 것은 참 행복합니다.
우리의 가난, 우리의 폭력, 우리의 억압에 대한
잡다한 의문을 가진 채 산다는 것은 참 행복합니다.
이 잡다한 의문을 풀려고 한 그는 참 불행했습니다.

풀어서 다시 매듭을 지으려 한
그는 참 비참해졌습니다.
있는 놈, 없는 놈 모두 나서 그에게 총구를 겨누었기 때문입니다.

습득한 나의 이 교훈은 날이 갈수록 공고해지지만
이 더러워진 교훈을 찢어버리고
그의 매듭을 다시 지으려는 또 다른 그는
날이 가는지 해가 가는지를 모릅니다. 상처의 개수도 세지 않고
매듭짓기에만 열심입니다.

여보세요, 왜 돌멩이를 맞으세요

- 장관 청문회를 보며

어떤 남자가 머리에 돌을 맞고 피를 흘립니다.
코와 입술에도 맞아 감각이 얼어가는 아픔을 느끼고
이가 깨지고 피와 살점이 흘러내립니다.
남자의 등 뒤에 있는 아내와 딸에게도 돌멩이가 맹렬합니다.
남자는 그냥 서 있습니다.
남자의 생각을 읽을 수 없습니다.
지나가는 사람들이
"여보세요, 왜 돌멩이를 맞으세요?"라는 말로 말의 돌멩이를 보탭니다.

계속, 남자는 서 있습니다.
등 뒤의 아내와 딸을 위해 남자는 서 있습니다.
당장은 아내와 딸아이를 붙안고 달아날 수도 있습니다.
그러나 지금의 이것이 최선이라는 남자의 생각을 읽을 수 있습니다.

모두의 아내와 딸을 위해서

우리의 아내와 딸을 위해서 말의 돌멩이도 피하지 않습니다.

이 남자는 한 동안 돌을 맞고 있을 것 같습니다.

돌이 그의 몸에서 깨질 때까지

분노

오늘은 들꽃이 짓밟힌다
내일은 풀꽃이 짓이겨진다
피 냄새로 더욱 맑은 날이다
무심하여 무섭도록 청청한 날이다.

할 수 있는 일은 분노, 그 무엇도
분노보다 황홀할 수 있는가
분노가 모여 웅덩이가 되고, 웅덩이가 모여
바다를 포기하지 않는 강줄기가 되리라.

장관과 교수

장관님
아니 교수님
당신을 보노라면 대학생으로 돌아간 듯
당신께 자꾸만 배웁니다.
그래서 당신은 천생 교수님입니다.
4년 동안 배운 것 없어
사기당했다는 생각으로 졸업을 하던,
쓸쓸함을 마시던 날도 있었지만
본 적도
만난 적은 더욱 없는
당신께 참 무언가를 자꾸만 배웁니다.
그리고 부럽습니다,
당신이 받은 관심이.
좋은 관심 그리고 나쁜 관심
관심의 무게에 합당한 일이 당신께
내려 올 것이기 때문에.
싫으나 좋으나 인간에겐 늘 일이 주어지지만

지금 당신께 주어진 그 일은
당신으로 인해 극단으로 풀릴 것 같습니다.
당신 인생의 길이만큼의 지렛대로
지렛대 이상의 바위를 옮기게 될 것 같습니다.

딸아이 코

아이가 있다
딸아이가 있다.

딸아이 코가 깨져
수술 허락을 받기 위해
몇 번 받았는지도 헛갈리는 검사 끝에
전신마취의 날을 쟁취하고
수술 날을 기다린다.

아, 진료의 절차가 정상적임을 감사하자.
아, 의료가 있고 돈이 있고 회복이 있음을 감사하자.
아, 아버지의 뭉근한 마음속에서 딸아이가 그래도 웃고 있음을 감사하자.

아-앗
당신 마음이 어땠을까. 아내가 영문 없이 구치소에 있고 당신의 딸애는 정신적 코가 깨졌다. 그러나 회

복도 위로도 정상도 이성도 배려도 인간성도 없음에.
이런 세상에 당신과 내가 살고 있어서 당신은 먼저
보았고 먼저 외쳤고 먼저 걸었고 그리고 먼저 당하고

아- 나는 당신께 미안하게 감사해야 합니다.

나는 문재인을 친구로 두고 있습니다

뜻이 친구를 만든다고 합니다
뜻이 없는 자는 친구도 없습니다
뜻으로 시작해야 친구로 도달할 수 있습니다.

당신은 확고부동하게 친구가 있었군요
당신이 그어 놓은 선 위를
위태로움을 잊은 듯 걸어가는,
당신은 확고부동한 친구가 있었군요.

일본의 여름[3] 그리고 당신의 친구

거꾸러질 정도 더운 공기입니다.
여름입니다.
가을로 가고 싶습니다.
차라리 겨울이 낫다는 생각도 합니다.
잘 계신가요. 라는 말은 민망합니다. 이미
말하는 개미떼들의 면구스러운 말을 많이 들었을
겁니다.
친구 분은 매우 바쁘십니다.
말년에 당신의 일복을 넘겨받으신 듯합니다.
의연함으로 이루어진 산 같습니다.
도무지 고난을 인정하지 않습니다.
고난을 왜곡하는 저 힘은 어디서 오는 걸까요.
동쪽에서 거꾸러질 정도로 더운 공기가 밀려옵니다.
동쪽 여름입니다.
몸부림의 여름입니다.
땀이 호수가 되는 시간입니다.
당신의 친구도 노를 저음에 늘 망설임은 없습니다.

3) 2019년의 여름을 말함. 또 일본 정부가 우리나라를 수출심사 우대국에서 배제한 8월을 말함.

땀의 호수를 건너면 동쪽의 여름은 곧 사라질 것 같습니다.

뜻

친구라서
마주 보지 않는다. 적어도
친구라면
같은 곳을 보아야 한다.
뜻이 같으니
그 뜻으로 가기 위해
한 곳으로
한 방향으로
앞서서 뒤서서
간다.

하나가 사라져도
하나는 하나를 이어서
슬픈 빛을 묵묵히 흘리며
간다,
그곳으로.

그림을 변조하다

많이 억울하고 많이 억눌리고,
억장이 무너집니다.
많이 생산하지만 많이 소비하지 못하는 사람들이
생각하는 세상의 그림은 무엇일까.

더불어 사는 사람 모두가 먹는 것, 입는 것, 이런 걱정 좀 안 하고 더럽고 아니꼬운 꼬라지 안 보고 그래서 하루하루가 신명나게 이어지는 그런 세상. 만일 이런 세상이 좀 지나친 욕심이라면 적어도 살기가 힘이 들어서 아니면 분하고 서러워서 스스로 목숨을 끊는 그런 일은 좀 없는 세상.

생산보다 소비가 적어
생산하지 않는 인간들을 먹여 살리는 사람들
그런 자들이 기를 펴고 사는 세상
그런 자들이 스스로를 부끄러워하지 않는 세상 그러나
간절할수록 그런 세상의 그림은 없다.

세상의 그림을 바꾸려는 사람
지금 세상의 그림을 받아들이지 않는 사람
그림에 감히 손대려 한 사람
그림을 지키려는 자와 정면으로 격돌한 사람
그 사람은 기막히게도 하나가 아니고
둘이다.

어떤 종족과 두 마리의 호랑이

그 종을 비유할 말은 없습니다. 그 종은 독하기도 하지만 자익을 위해서는 빨가벗기도 합니다. 칼로 생명의 심장을 찌름에 주저는 없습니다. 그 종이 살고 있는 산에는 호랑이 두 마리도 살았습니다.

한 마리는 웃는 호랑이고 또 한 마리는 웃는 것이 어색한 호랑이입니다. 웃는 호랑이는 다니는 것을 좋아하고 웃는 것이 어색한 호랑이는 집에 있는 걸 좋아합니다. 다니는 것을 좋아하는 호랑이는 말이 많고 집에 있는 걸 좋아하는 호랑이는 말이 없습니다. 두 마리의 호랑이는 산짐승들을 쉽게 물지 않습니다. 그리고 두 마리의 호랑이는 산을 좋아하고 물을 좋아하고 산 짐승들과 어울리는 것을 좋아합니다.

그런데 이 산에는 짐승도 아니고 그렇다고 인간은 더욱 아닌 그 종이란 것이 있었습니다. 그 종은 호랑이가 쉽게 물지 않는다는 사실을 안 날, 독하게 맹렬하게 한 마리의 호랑이를 칼로 찌름에 망설임은 없었습니다. 무엇에 도취된 듯 끝장을 내기 위해 찔렀습니다. 잘 웃는 호랑이는 웃으며 생을 마쳤습니다.

그 종족들은 다시는 이 산에 호랑이는 없을 것이라고 생각하는 순간 그리고 산 짐승들이 생각이란 걸 하지 못하고 산다고 생각하는, 떨어지는 벼락과 같은 순간에 산 짐승들이 웃는 것이 어색하고 집에 있는 걸 좋아하고 말이 없는 호랑이를 불렀습니다. 핏빛의 외침이었습니다. 그 외침은 강산을 불태웠습니다. 노을이 핏빛의 외침을 따라 붉게 타고 있을 때, 한번 물면 질기게 문다는 사실을 그 종들은 왜 몰랐을까요. 무릎 꿇을 시간도 없이 이름 없는 그 종들은 이름도 없이 사라져가고 있습니다.

우리의 관계

꿈에서 차를 같이 타고 가자고 했습니다.
황송하여 사양했지만, 당신은
같은 방향이니 괜찮다고 했습니다. 다음날
서몽이라며, 로또의 번호와 바꾸는 탐욕에 눈먼 적이 있었습니다.

평생, 쉰 적이 없는 당신.
마지막 순간의 슬픈 일에 나는 자고 있었습니다.
멍에를 안고 혼자서 떠나실 때는 새까맣게 모르는 척 방관자가 되었고.
내가 갚을 수 없는, 당신의 많은 일들로
지금은 빚꾸러기의 가슴이 되었습니다.

광야에서 혼자 외치는 사람이 되어 혼자 떠났지만
당신의 고통이 결국 나의 이익으로 돌아옵니다. 그러나
당신은 언제나 바라지 않습니다, 대가를.

언제나 원하지 않습니다, 그 무엇도. 그래서

어쩌면 우리는 역사상 가장 진정하게 평범한 관계일지도 모릅니다.

바다를 본 윤지

갓 백일 넘은 우리 딸
윤지를 안고 해변에 갔던 날
윤지가 그날 바다를 처음 봤다.
말도 못하고 걷지도 못하는 아이가
바다를 보더니 갑자기 눈동자를 두 배나 크게 했다.
이 탁 트인 움직이는 푸른 대륙에
놀라서 울음이 터질 듯한 감정이
눈동자에 몰려 갈매기 같던 눈매가
수리의 눈으로 변했다.
그러나 이내 처음보다는 익숙해졌는지
몇 분 안 지나 바다와 친해졌는지
한층 기분이 좋아졌지
놀라움은 웃음으로 바뀌어 지금의 사진으로 남아 있다.

바다를 처음 보듯
그를 처음 본 사람들이여!

5년 동안이나 왜 익숙해지지 않았는가.
이런 사람 처음 봐도
아이가 첫 바다에 익숙해지듯
이내 익숙해져야 할 것을.
5년 내내 한시도 쉬지 않고
왜 놀란 토끼 눈으로 사는가
다시는 되풀이될 순 없다.
사람들이여, 놀라움의 경박함을 걷어차 버려라.
지금은 좋은 기분을 누려야 할 시간
더 이상 토끼의 눈으로는 길을 걷지 말자.

3부

지금도 전염되다

옷을 벗다

옷을 벗었다.
맨몸에 대한 자신감인가
맨몸에 익숙했던 오랜 시간 때문인가
옷을 벗었다.
당황했다, 옷 입고 있는 자들이
때리기도 좋고 꾸짖기는 더욱 수월한 탈복
그래도 그는 옷을 벗었다.

살갗을 느꼈다. 살갗과 살갗 사이에서
그의 전류가 흘렀다.
마음과 마음보다도 살갗과 살갗이 더 직통이다. 이것이
모기 같은 종족의 공격도 마다 않고
탈복한 이유다.

살갗을 내보인 자들이 모여들었다
그리고 닿았다.

직통해서 말을 먹고 문자를 뛰어넘어 버렸다
밤 같은 밤에는 예의 그 촛불을 들고
서로 닿기도 했다.

이웃

강간범도 이웃이고
새끼사자를 물어 죽이는 수컷사자의
심장을 가진 자도 이웃이다.
그러나 이웃은 결코 특별하게 보이지 않는다.

우리의 약값을 훔치는 자도 이웃이고
찬물로 제 새끼를 죽이는 자도 이웃이다.
이웃은 그저 착하고
이웃은 그저 나와 같은 나약한 자일 거라고
믿기 시작하는 순간
우리의 위태로움은 시작된다.

가난한 하루 벌이의 등에 칼을 찌르고
빨대로 피를 빨아먹는 자도 우리의 점잖은
이웃이다.
종편서 신념을 내뿜는 자도
신문에 일필휘지의 글을 투척하는 자도
알고 보면 우리의 이웃들이다.

이웃들 속에서 이웃을
우리의 눈과 우리의 귀로써만
찾아야 하는 이 암담함
그들의 평범함 속의 특이점을
찾는 것이
진짜 이웃과 공생하고 우리가 생존하는
유일점이다.

뷔페의 할배

뷔페에 처음 간 할배가
뭣을 먹을지 몰라
어쩔 줄 모른다.
소갈비 팔보채 스테이크 많다, 많다.
이때 누가 던져서 버린 바닥의 썩은 감자를
주워 먹던 이들이
할배를 보고 말했다.
어이, 같이 먹어
할배가 말했다.
미쳤군, 피를 끓여서 만든 돈을 내고서
스스로 바닥을 기는 이유가 도대체 뭐야?
기는 자들이 말했다.
이 감자는 장수불사의 음식이야
이것을 버린 자들이 틀림없다고 말했어.
할배가 외쳤다.
누가 그런 말을 믿겠나?
이 세상의 모든 음식이 사라지고

그리고 7일을 굶게 된다면
바닥 기는 일을 한 번쯤 생각해 볼게 라며
할배는 그들의 시선을 외면했다.

종편, 꾸짖다

종편서 꾸짖음으로써
섭생하는 자들의 누런 입을 본다
갑자기 헛배 불러진다.

꾸짖고
또 꾸짖는다.
무엇의 밑거름이 되려는지
누구를 향한 충정의 토사물인지, 달큰하다 달큰해.

쉼 없다, 와우 배턴터치로 꾸짖는다
짐승이 짖고 있는 듯도 하다
천하 상관없이 쏟아내기 바쁘다
물고기의 경쟁적 토정 같기도 하다.

20분 채 안되어
내 몸통이 꾸짖음의 짓이김으로 가득하다.
나는 곧 토한다
피까지 토한다.

가성비

오늘은 가성비에 대해서 한번 이야기 해보자. 맛있고 질이 좋은 재료로 만들어진 한정식이 있다. 양도 적절하고 간도 맞다 무엇보다 믿을 수 있는 재료로 먹는 사람들을 생각하면서 만든 제법 기교도 부린 음식이다. 그러나 아무리 좋은 음식이라도 가격이 합당하지 않다면 말 그대로 그림의 떡. 그래서 가성비가 중요한 것. 삶이 사구를 기어오르듯 팍팍해야 소위 서민의 자격이 주어지는데 그러한 서민이 다가갈 수 있는 좋은 한정식, 이 한정식을 먹으면서 바보같이 눈물을 보인다는 것은 어리석기 짝이 없는 일이다. 이것은 한정식에 대한 무례요 한정식에 대한 오해요 심지어 한정식에 대한 모욕이다.

그대들이여!

이 좋은 한정식을 먹을 때는 참 적당한 가격에 참 좋은 한 끼의 식사였구나 하고 생각하면 그만이다. 왜냐면 우린 이미 우리의 노동으로 그 값을 지불했기 때문이지. 그대들이여 참 좋은 이러한 한정식을 먹고 나서 그 고마움을 굳이 표현하고 싶다면 또 다른 한 끼의 가성비 높은 음식으로 다른 사람의 가성비를 높여주면 되는 것이다.

그대들이여!
우린 그로부터 충족할 만한 한 끼를 선사받았다. 이것에 대해서 눈물은 보이지 말자. 우린 또 다른 의미의 한 끼를 준비하면 된다.

빛의 멸균

아, 왜 이리 표독의 공격적 용감인가
솜뭉치에 스민 빗물 같은 의뭉의 짓이김인가
달변의 뱀 혀가 세 갈레 네 갈레의 소름으로 피부를 핥는다.
이것은 믿음의 공격,
그가 비열의 공격자가 아니라는 믿음
그 믿음의 융단 위에서 펼치는 극한의 공격

그 공격이 그 종의 길이고
그가 피투성이로 쓰러짐이 그 종의 희열
그 종의 희열, 그 종만의 희열을
하늘이여 빛이여 보는가, 듣는가, 느끼는가.

하늘의 빛이 비친다. 수만 갈래의 빛이 하나로 모여
그 종의 심장을 쪼그라뜨리고 태워서
종멸의 대단원으로 인도할 것이다.
하늘 빛의 멸균은 반드시 시작되리라.

배턴터치

임기도 끝났고
정치도 끝났고 극악한 고통은
시작되었고
그래서
삶을 끝냈지.

어! 그런데
아직도 달리고 있다.
그가 달리는 것처럼 보이지만
우리가 이어달리고 있다.

운동회의 꽃은 계주지 않던가
열광한 동네 사람들
신이 난 우리의 이웃들

그가 이룬 완전무결의 배턴터치는
아직 끝나지 않았다.

당신은

당신은 왜 옛 친구를 잊지 않았나요. 당신은
왜 분열되는 공동체를 내버리지 않았나요.
당신은 왜 역사를 배반하지 않았나요. 당신은
왜 의로움을 던져버리지 않았나요. 그리고 왜
당신 속에 있는 사람다움을 지워버리지 않았나요.

다른 것은 다 버릴 수가 있어도
사람인 나 자신은 버릴 수 없었습니다.
강자가 약자를 짓밟을 때 모른 척 고개 숙이는
사람답지 않음을 결코 저버리지 않을 수가 없었습
니다.

증오

손톱 하나로 산을 옮기고
발끝 하나로 강과 바다를 만들어 낼 힘
그는 그 힘이 있었다. 그러나
그의 힘을 인정하지 않아 그들은 그를 염오할 수 있었고
모르는 척 안심하여 그에 대한 두려움에서 벗어날 수 있었다.
때로는 짐짓 호기롭게 비렁뱅이 취급도 하여 본다.

늘 생산하지 않는 그들의, 증오는
엄청난 생산력이 발휘되어
광풍의 회오리로 때로는
폭염의 뙤약볕으로 그를 증오했다.
증오의 꼬리뼈에는 콧속으로 녹아드는 피 냄새가
엉겨 있었다.

그가 없는 지금도 그의 힘은 살아서
인산과 인해를 움직인다. 발맞추듯
그들의 증오도 나날이 번식을 멈추지 않는다.
증오의 난파선은 바다에서 바다를 부수려는 듯
바다를 헤집고 다니고 있다.
지금도 전염되고 있다.

4부

별을 만나다

핏물

한 순간도 차가운 적이 있었습니까
쇠처럼 달아올라
돌처럼 오래갑니다
순간에도 식음을 용납하지 않았습니다.

무엇을 향한 뜨거움이었을까요
눈물을 흘릴 순 있어도
핏물 같은 사욕을 버리지는 못하는 게 인간인데
당신의 핏물이 향한 곳은 어디입니까.

어떻게 알 수 있을까요
어떻게 알아 갈 수 있을까요
당신의, 그 오래가는 뜨거움을
당신의, 그 눈물 같은 핏물을

슈퍼스타 1

시작도 끝도 모르는 바다
떠밀리는 우리는
어디로 향하나 무엇으로 귀착되나
방향도 귀로도 없는 밤의 바다
우리에게 주어진 술이라곤 외로움과 술렁임뿐.

밤의 바다 속 알몸들이
벌이 꽃향기를 맡는 본능으로 올려다 본 밤의 하늘
거기에 큰 빛의 별이 말없이 박혀 있네.
뚜렷하고 분명한 방향이 된 별빛
오늘은 저 별, 저 별 아래서 왜 자꾸만 눈물이 흐르나.

슈퍼스타 2

아시타[4)]가 아기를 보고 눈물을 흘렸다고 했다.
"훌륭한 왕이 아니라 밤하늘의 별이 될 것입니다."
라고 말하고는
그 빛을 보지 못하는 것이 슬프다고 했다.
그러나 후대인들은 그 빛을 보았다.

4) 진리의 바퀴를 굴릴 석가모니의 탄생을 예언한 사람

지그재그

삶을 버릴 수 있는 용기
죽음으로써 삶을 지탱하는 지혜
계산된 죽음이 계산할 수 없는 삶을
지지하여,
죽음은 삶의 지그재그
삶에 죽음을 보태버린 지그재그

쉬운 것 어려운 것

넘어진 자를 일으키고 싶고
아픈 자를 위로하고 싶고
외로운 자와 같이 걷고 싶다.

그렇게 하는 것이 사람의 마음이라면
그렇게 하는 것이 인생의 목적이라면
그렇게 하는 것이 인간의 바른 길이라면

질투에 눈 멀지 않아야
경쟁에 지치지 않아야
증오에 물들지 않아야 한다.

작야의 꿈을 애써 기억하듯 마음을 잃어버리지 않고
마음의 길을 걸어가는 것이 사람의 길
그리고 이것은
당신에게는 아주 쉬운 것
나에게는 매우 어려운 것

나는 대통령으로서 성공하지 못했다

성공했다면 지금의 길이 우리 앞에 있을까요
성공하려 했다면 진작 성공하고 말았을
자신만만의 삶이 아닌가요.

우린 당신의 실패를 먹고 살았습니다.
진작의 성공이라면
나락 까먹는 참새처럼 당신에게로
모이지 않았을 겁니다.

당신의 마지막 실패는
안타까운 우리 성공의 이정표가 되었습니다.
상상할 여지조차 없는 대실패는
모두가 성공으로 가는 통곡의 신호등이 되었습니다.

멀리 보고 뚜벅뚜벅

나는 지금 매장되어 있다.
한마디로 땅에 묻혔다.
죽지도 않았으니 생매장이겠지.
나는 잠시 새가 된 적이 있다.
봉황새라고 말하는 이도 있다.
봉황새라,
쓸데없다.
참새라면 좋겠다. 용감한 참새, 무리지어 더 강한 새
그 용맹한 부리와 성실한 눈빛의 새
연약한 몸은 온통 강한함과 야무짐으로 무장되어 있다.
바쁘게 움직이는 몸은 비겁을 들어낼 겨를도 없다.
그런데
나는 묻혀 있다.
묻혀서 고립되어 있다.
봉황새의 패배라고 말한다.
봉황새의 추락이라고도 말한다.

패배와 추락을 무덤 속에서도 받아들일 수 있다.
그러나 멀리 볼 것이다.
늘 그래 왔듯이 멀리 볼 것이다.
그리고 뚜벅뚜벅
참새 걸음으로라도 멀리 보고 뚜벅뚜벅 걸어갈 것이다.
승패는 모른다. 지금의 패배와 추락을 마시고
뚜벅뚜벅

나는 사람을 믿는다

사람이라서
사람대접을 받고 싶다.
사람이란 특별하지 않아서
특별한 사람대접은 받고 싶지 않다.
사람은 그냥이 최고다.
그냥 사람의 대접이 나는 늘 받고 싶고 하고 싶었다.

나만의 사람대접은 사양한다.
가장 미천한 처지에서 사람대접을 갈구했지만
나만의 사람대접을 바라보고 산 적은 없다.
특별한 사람이라 불리지만 특별한 사람대접은 거부했다.

더불어 사는 사회의 이상적 목표보다도
모두가 참여하는 정치권력의 이상보다도
모든 사람은 그냥 사람이라는 수준에서
그냥 사람에 대한 대접과 대접 받음이 있는 세상

옛날에는 막연히 느꼈고
지금은 아주 또렷이 안다.
모든 사람은 그냥 사람이다.
그냥 사람은 모두다.
공평한 사람대접 속에서 나의 사람됨도 이루어진다고 나는 믿는다.

욕망의 상자

완결은 없다고 생각한다.
종착지도 없다고 생각한다.
그렇지만 조금은 다가간다고 믿고 싶다.

무엇이 급한 일일까
무엇이 완결에 가까울 수 있을까
최소한 15세 아이가 부모 곁을 떠나서
서울까지 와서 일하다가
수은 중독으로 죽는 일 같은 일은 없었으면 좋겠다.

이런 일이 세상에 한두 번이 아닐 텐데
왜 이런 일에만 신경이 쓰이는가
가까운 사람들만 잘 살아도 의미는 있겠지
그런데 혼자보다는 여럿이, 여럿이보다는 전부가
잘사는 세상

더불어 잘 살고 싶다는 나의 욕망
언제, 어떤 계기인지도 모르지만
욕망의 상자는 열려버렸고
오늘까지도 욕망의 나침반이 가리키는 방향으로
나는 헐떡이며 달리고 있다.

첫인상

평범함이다.
그를 나타내는 단어는 평범함이다.
처음에는 그런 것이 거북했다.
왜소한 국민학생 눈에도 참 거북하게 평범했다.
반도시적이었다. 세련에서 한참 먼
우아함에서 반드시 반대쪽이었다.

텔레비에 나올 만한 인사가 아니라고
어린 나는 직감했다.
소외된 삶이 지속되어 만들어진,
풍파의 무늬가 새겨진 얼굴이었다.

오늘,
유튜브에 나오는 88년 목소리의 울림을 다시 들었다.
그 상기된 목소리는 나의 가슴에 소박하지만 찬란한 한 개의 상자가 되었다.

군부에는 34억 5천만 원을 널름널름 갖다 주면서
당신 공장에서 돈 벌어 주다 죽은 노동자에게
4천만 원, 8천만 원 그렇게 흥정하는 것이 인도적
기업이 할 일입니까

그의 시나리오

돈복 없게 생긴 놈이 있었다.
예상을 빗나가게 하는, 놈의 자신감을
당황했지만 침착하게 그들은 염오를 시작했다.

가난과 촌스러움으로 염색된 놈의 얼굴만 보아도
언감생심!
주어진 것을 감사히 여겨야 할 것을.

자신의 가난에서부터 모두의 가난까지 벗어나는 것을 꿈꾸어 버린 놈의 개념 상자.
태양계 너머 저 무한의 세계에 도달할 것 같은 놈의 개념 상자.
그들은 초전박살의 마음으로 임했다.
집요와 끈기와 일관의 행동으로
동했다. 그런데,

“이쯤 가면 막 하자는 거죠”

눈썹 하나 까닥하지 않는 놈이

그려 놓은 방향으로 그들은 멋모르고 움직이고 있었다.

사람 대접

그의 사람대접은 아름답고 아름다워
늘 항상, 거침없는 분노의 목소리에도
조곤조곤 설명하는 목소리에도
위트와 재치 속의 웃음소리에도
사람대접의 평균을 벗어나는 법은 없었습니다.
몇몇 녹봉의 검사들 앞에서도
인간의 언어를 분쇄하는, 몸의 절반이 입인 인간에게도
대접의 평균을 벗어나는 법은 없었습니다.

나는 늘,
당신의 바다에서 노를 젓고 싶습니다. 그리고
당신의 그 섬에 정박하고 싶습니다.

운명의 떡

더 큰 떡을 손에 쥐기 위해
작은 떡의 가치를 서리서리 접어서 서랍 속에 넣어 버렸습니다.
더 큰 떡을 손에 쥐고
이제 배 두드리며 으스대며 살 것을
지금 손에는 떡고물조차 남아있지 않습니다.
애초 남과 나누기 위해서 큰 떡을 잠시 손에 쥐었을 뿐입니다.
작은 떡 놓고 큰 떡을 쥐는 순간
빈손은 그의 필연적 운명이었습니다.

그의 욕망

대륙도 가를 수 있는 힘을 가진 인간의 욕망은
정지를 모르는 참치 떼처럼 꿈속에서조차 쉬지 않습니다.
지네 다리 같이 나누어지기도 하고
꽉 찬 오줌보같이 곧 분출할 것 같습니다.

그런데,
욕망에게도 길은 있어서 그 길을 따라 달립니다.
출세는 욕망의 고속도로, 출세자의 욕망은 더 빠릅니다.

그의 욕망도 참 빠릅니다.
돌아보는 순간, 점이 될 만큼 빠릅니다.
다르다면, 출세자의 욕망 치고는 흔치 않는 길
정말 흔치 않는 길을 그의 욕망이 질주했습니다.
고속도로를 버리고 산길과 개울을
끝내는 길이 아닌 길로 질주했습니다.

아무도 선호하지 않는 길이 아닌 길이
후에는 길이 되고 말았습니다.
걸으면 달리고 싶은 길이 되고 말았습니다.
그의 욕망이 질주한 그 길의 끝에는 모두가 이기는
싸움만이 있습니다.

사상누각

돈도 빌리고 품도 빌리고
자원봉사자도 몰려들어
어렵사리 누각을 세웠지만
오 년 채 안 되어 기울어졌지요.

사상누각이라 그렇게 됐습니다
땅이 모레라 받치는 힘도 약하고 지지의 균형도 없었습니다
그래서 사상에는 누각을 세우지 않는가 봅니다.

잠시 숨 고르고 생각했습니다
기울어졌지만 무너진 건 아닙니다
일으켜 세우자고 모레들이 말합니다
모레는 누각을 바로 잡으려면
모레와 모레가 하나가 되어야 한다고 소리냅니다.

모레가 드디어 생각을 시작했습니다.

어쩌다 선장

우리에게는 저쪽이 필요하다고 생각했다
이쪽이 아닌 저쪽의 땅이 절실했다
어쩌다 보니 선장이 되었다.

배가 필요했다
그래서 배를 구입했다
배는 선장만으로 가는 게 아니었다
모두가 노를 저어야 하는 무동력의 배였다.

순풍이라도 불어주면 좋으련만
항상 역풍이었다. 생각보다 항해는 길었다
선장은 몇 번이고 바뀔 것이다 그러나
바람을 이기고 나아가야 한다
노질을 멈추어서는 안 된다.

해가 진다, 노을이 뜬다, 별이 생긴다.
돌이켜 본다.

모든 것은 이쪽에서 저쪽으로의 옮김의 여행이었다
한 번도 가지 않은 길이었다. 그래서
욕구가 충천하는 여행
시작은 있어도 끝은 없다.

끝이 없는 줄 알지만
항상 끝을 꿈꾸는 여행이다.

5부

가슴으로 보다

담화

우자가 물었다.

당신은 어떻게 저렇게 큰 바위를 옮길 수가 있나요.

현자가 대답했다.

글쎄요, 저도 잘은 모릅니다.

우자가 말했다.

손가락 하나도 쓰지 않고 바위를 움직이는데 의외의 대답이군요.

현자가 대답했다.

글쎄요, 제 생각에는 아마 바위가 스스로 움직인 겁니다.

우자가 말했다.

바위가 무엇이길래 스스로 움직인단 말이오

현자가 말했다.

바위는 본래 모래알이었습니다. 알갱이 하나하나가 움직이고 싶었지만 바람 때문에 휩쓸려 다니기만 했지요. 그러다가 모래알들 스스로가 모여 바위가 되었습니다. 본래 알갱이들은 휩쓸리지 않고 살고 싶었기에 그들이 모여서 된 바위는 당연히 스스로의 움직임을 스스로 선택했습니다.

우자가 말했다.
그런데 왜 마치 당신이 움직인 것처럼 보이나요.
현자가 대답했다.
저는 바위를 가만히 바라만 보았습니다. 바쁘지만 바위를 가만히 바라보았습니다. 오랫동안 어쩌면 평생 동안 가만히 바라봤습니다. 저의 티끌 같은 관심 하나가 있었을 뿐인데 모래알들이 스스로 바위가 되었고 그 바위가 스스로 움직이기 시작했습니다.

우자가 물었다.
이제 바위는 어디로 갈까요?
현자가 대답했다.
우리가 기원하던 곳으로 아마 갈 것 같습니다.

멈춘 사랑

선선한 계절이 되었다.
나의 지나온 계절을 돌아본다.
지나간 사랑도 있었고 멈춘 사랑도 있다.

누군가에게 빠지면 혹 누군가의 올가미에 걸려들면
말은 얼고 생각도 얼고 가슴 속 순환의 고리가 꽉 잠겨
그 압력에 가슴이 깨질 듯도 하다. 그러나
시간은 가슴의 고리를 풀어 사랑을 지나가게 만든다.
지나간 사랑은 곧 잊게 된다.

그렇지 않은 사랑은
그 고리를 풀지 못하여 멈춰 버린 사랑이 되기도 한다.
멈춘 사랑은 그 누군가가 사라져도
시간이 지나도 가슴이 꽉 막혀 말을 못하고
눈물이 날 듯 울음이 소리칠 듯

하지만 오히려 말도 눈물도 울음도
조용하기만 하다 늘 조용하기만 하다
깊은 산골짜기 암자의 풍경 소리만 울리는 듯하다.
하지만
폭풍이 같은 아픔이 순간만 정지되어 있을 뿐이다.

그를 위해 울지 마라

울음은 참으로 진실되지 못하다.
울음은 오로지 한 가지 목적에만 목맨다.
그래도 자신은 인간적이라는 것에만

웃음에는 천 가지 목적이
있지만, 그 중에서도 으뜸은 자신이
바보가 아니라고 외치는 것

그를 불쏘시개로 우는 자들이여,
그를 꼬투리로 자신의 따뜻함을 증명하려 하지 말라.
그를 핑계하는 자들이 지구의 반을 넘고 있다.

울고 싶을 땐 차라리
웃어라.
그리고 세상에 외쳐라.
스스로 바보가 된 그가 있어서
지금의 우리는 바보가 아니라고

눈 먼 자들의 구타

때렸다
믿음으로써 때렸다
때리는 자의 때려야 한다는 아집과 교조로써 때렸다
여비도 받고 안전함도 보장 받고 나서 거룩한 성실로써 때렸다

낮에도 때리고 저녁 먹고
밤에도 때렸다
꾸준하고 집요하여
마침내
그의 무릎을 꿇리는 모습도 볼 것 같았다.

그런데 이내 탄식이 터진다
헛웃음이 터진다
눈 먼 자들이 손바닥에 피가 나도록 때린 건
쇠종이었다.

때리면 때릴수록 울리는 쇠종이었다
종소리 온 동네를 깨우고
온 동네가 등불 들고 종소리 쪽으로
모여들었다.

종은 때림을 기다렸다는 듯이
세차게 울 뿐이다.

그의 짐

짐을 들 수 있을 만큼 들고 가야지
힘도 없는 놈이 욕심만 많아서
그렇게도 많은 짐을 한꺼번에 옮기려할까

그것도 얼마 못 가서 자빠져 버린다
아, 한 발짝도 못 나간 것인가
자빠져서 무릎이 깨지고
손바닥의 살점이 떨어져 나갔다.
방관자들의 야유가 그의 등을 밟고 지나간다.

여러 개 중에 한 개만
여러 개 중에 무거운 건 버리고
적당히 가벼운 것 한두 개만
아, 왜 계획과 방법이 없는가
가당치 않게, 과분하게, 왜 이리 무모한가

길바닥에 흩어진 그의 짐들이 슬퍼서 울고 있다
흩어진 짐을 바라보는 사람들
아, 하나씩 짐을 나누어 드는 자들
한 발짝을 이어가야 함을 침묵의 광음으로 소리치고 있나니
신이여, 부디 짐 진 자들의 발을 걸어서 넘어뜨리려는 자들이
숨어있는 어둠을
불빛으로 심판하소서.

당신이 인기 없는데 내가 왜 아프나!

"인기"
얼마나 절실한가, 인간에게는.
병든 소도 일으켜 세우는 인기

"인기"
렌탈과 할부로도 얻고 싶은 인기
얻기 위한 노력은 얼마나 격렬하고도 참혹한가

그가 인기를 포기했었다
인기를 포기한다는 말이 무슨 말인가
포기한 만큼의 빈 곳을 용기로 채워야 하니
용기 있는 자
진정 인기가 없어라.

당신, 예나 지금이나
참 인기가 없다
앞으로도 참 인기가 없다.

옛말이 틀린 적 있나

욕을 먹으면 오래 산다
이 말은 틀린 말이다
만세도 가능할 욕을 드셨는데
지금은 안 계신다.
그런데
없는데 늘 계신다
머릿속에 혹은 가슴 속에
신기하다
아, 욕을 먹어서 그렇구나
영원해지기도 하는구나.

북소리

같이 가자고 말한 적 없다
같이 가 달라고 부탁한 적 없다
같이 가 주라고 매달린 적 없다

소리의 진원으로 깊이 걸어갈 때
진원의 동굴로 깊이깊이 들어갈 때
그가 자신의 심장 소리에 맞추어 북을 울렸다.

그 북소리 나의 심장을 낚아채고
그 북소리 너의 눈동자의 초점을 앗아갔고
그 북소리 우리의 어깨를 떨게 했다.

소리의 진원을 외면하던 우리가
소리의 진원을 못 듣던 귀머거리들이
그렇게, 그렇게 줄을 지어
말잔등에 올랐다.

도미노

왜 아직까지 그를 말하는가
그의 손가락, 그의 입술, 그의 코끝에서
시작된 도미노의 골패가 아직까지
그 연쇄를 멈추지 않았다.

이것이 지금, 그를 말하는 이유이다.

하찮은 일

마을가꾸기라 하찮군요.

대통령까지 하신 분이 오리농법이라

지나가던 소가 웃을 일이군요.

하찮은 일을 하지 않으려고 아둔한 저를 공부시키고

시험 전날 할머니 산소에 가서 도와달라고 통곡하신 나의 어머니

다 하찮은 일을 시키지 않으려고 했기 때문이죠.

그런데 당신같이 출세의 꼭대기까지 올라본 분이

촌동네 새마을 회원이나 하는 일을 하신다. 탄식이 절로 나는군요.

그런데

하찮은 일을 하지 않게 하려던 나의 어머니는

요즘 자식이 하찮은 일을 안 해서 퍽 서운합니다

한 번쯤 전화를 한 번쯤 저녁을 한 번쯤 손녀의 안부를.

하찮은 일은 하지 않고 산다고 맹세할지라도
하찮지 않은 일이 없다는 걸 깨닫게 됩니다.
일이란 본래 사람과 생명을 위하는 것인데
하찮을 리가 있나요.
저 밑바닥 일 같은 것은 보이지도 않으실 텐데
당신은 밑바닥의 일 하나 놓치지 않았습니다.
그런데
진짜 하찮은 일을 하는 종들도 있습니다.
학번 따위를 내세우며 우월감에 절어있는 종족들은
앞으로 어떻게 사라질까요.

당신의 담배

합법 속의 전쟁을 보며 오늘 담배를 태웠습니다.
시간도 태웠습니다. 끓어오르는 부아도 태웠습니다.

담배를 태우시던 당신의 모습이 보였습니다.
작은 평화와 같았던 당신의 담배.
그러나 그것은 고뇌를 태우시던 당신의 모습이었습니다.

고뇌를 말아 태우시던 당신
태우고 태워 조금이라도 가벼워진 고뇌의 보따리를 우리에게
내주려 하셨나요.

함묵 속 비열의 침략을 보며
오늘 또 저는 담배를 태웠습니다.
시간을 태웠습니다. 끓어 오르는 분노를 태웠습니다.
그러나 당신이 내준 고뇌의 보따리를 가슴에 안고

걷기 위해서는
담배의 시간과 이별할 때가
이제는 되었습니다.

오늘 담배

참 힘듭니다.
제가 요즘 참 힘듭니다.
못났다고 느낄 만큼 참 힘듭니다.
그런데 당신이 더 힘들지 않았나요.
당신은 스스로가 선택한 눈물을 흘렸습니다.
왜 스스로를 힘들게 하셨나요,
왜 지상에서의 마지막 1초까지도 힘듦의 새장 속에서
힘듦을 스스로 걸머지셨나요.

오늘, 담배를 태우던 당신의 모습에 내 마음의 불을 붙입니다.

가슴으로 보다

못생겨서 보고 싶지 않았다
관심이 없어 눈을 감았다
그런데 가끔 들렸다
그리고 가끔 피부에 닿았다.
가슴에 차오르는
그 무엇

못생겨서
눈을 버리니 오히려
가슴으로 그를 보게 되었다.

큰엄마[5]

큰엄마!
삼복더위에 남의 밭 매어 주고
여름요 사주던 큰엄마
지금은 어디 있나

세상 버리고
맑은 하늘에 구름으로 걸려 있나
아님, 풀섶에 이슬로 맺혀 있나

아니, 아니
불초한 재야 가슴에
돌로 맺혀 있네.

5) 번외 작품

몽트시선 003

어떤 남자를 스치다

초판 발행일 **2020년 5월 20일**

지은이 **이원재**
발행인 **김미희**
펴낸이 **몽트**

출판등록 **2012.12.20 제 2014-0000-38호**

주소 **안산시 단원구 고잔로 23-12**
전화 **031-501-2322** 팩스 **031-501-2321**
메일 **memento33@menthebooks.com**

값10,000원
ISBN 978-89-6989-056-6 04810
ISBN 978-89-6989-022-1 세트

www.menthebooks.com

「이 도서의 국립중앙도서관 출판예정도서목록(CIP)은 서지정보유통지원시스템 홈페이지(http://seoji.nl.go.kr)와 국가자료공동목록시스템(http://www.nl.go.kr/kolisnet)에서 이용하실 수 있습니다. (CIP제어번호 : CIP2020017695)